AF192649

/

0. Elisa / Sofía.

«Dame una razón para ser una mujer»

FJROMERO

0. ELISA / SOFÍA.

Colección *La enciclopedia inabarcable / 1*

Título original: *O. Elisa / Sofía.*
© fjromero

© Fotografía de cubierta: Sebastian Laverde

© Adel Editores, 2025
Edición al cuidado de
María de los Llanos Carrillo Molina y Daniel J. Rodríguez

C/Charcón, 10
40194 - Palazuelos de Eresma, Segovia

www.adeleditores.com
contacto@adeleditores.com

Primera edición: febrero, 2025
ISBN: 978-84-129834-0-1
Depósito Legal: DL SG 2-2025

Impreso en España
Impresión: Sacauntos Cooperativa Gráfica.

Las mujeres deben ser dueñas de sus historias.
Esta obra está dedicada a todas las mujeres
a las que pertenecen las fotos
que componen este humilde zoótropo.

1. Me llamo Elisa. Pero podría llamarme Sofía.

2. No me llamo Sofía porque Madre se enfadó con Abuela.

3. Abuela quería seguir la tradición de su familia, y darme su nombre, pero Madre protestó. Madre siempre protestaba.

4. Abuela me recordaba todos los días en el desayuno que podría llamarme Sofía.

5. Desayunos inundados bajo una tormenta de galletas maría, las favoritas de la familia. Tres armarios bajos se dedicaban por completo a almacenar paquetes de galletas maría. Por aquel entonces, no existían las marcas blancas.

6. Abuela nos pasaba el azucarero. Toma, Sofía, me decía. Se llama Elisa, refunfuñaba Madre. Todas las mañanas. Todos los días.

7. Si el amanecer era ventoso, el golpe ahogado de la ventana del aseo nos despertaba a mis hermanas y a mí.

8. Cinco Hermanas. Éramos cinco mujeres. Y Hermano. El Hombre.

9. Hermano no era el mayor, pero lo estiraron para que lo fuera. No era el más guapo, pero lo embellecieron para que se viera. No era el más listo, pero lo educaron para que lo creyera.

10. A Hermano le pegaron. Como a nosotras, pero menos. Lo protegíamos y nos llevábamos las hostias que iban dirigidas a él. Lo queríamos. Nos enseñaron a quererlo y protegerlo.

11. DosHermana era la que más lo protegía. Si Padre lo arrinconaba, DosHermana llamaba la atención y liberaba a Hermano.

12. Hermano lloraba mucho. Cinco lágrimas por cada golpe de cinturón. Eso irritaba a Padre, que le recitaba que los hombres no lloran.

13. La oración es la llave del día y el cerrojo de la noche.

14. Cinco lágrimas por golpe de cinturón. Siete por manotazo en la cara. Quince en silencio si atizaba a CincoHermana.

15. Hermanas lloraban mucho. Hermano lloraba. Yo no. Comía una galleta maría por cada lágrima que no derramaba.

16. Las lágrimas sin derramar estropearán tus ojos.

17. Engordé mucho. Claro, decía Abuela, es propio de las Sofías de la familia. Somos una familia de buencomer.

18. Una mierda, pensaba yo. Si Madre y Padre nos pegaran menos, no comería tantas galletas maría, y yo no estaría gorda.

19. Madre no pegaba. Daba pellizcos. Entrabas en casa.

20. Ave maría purísima. Sin pecado concebida.

21. Te recibía con un pellizco. Pellizco de Madre.

22. Los pellizcos me dolían más que el cinturón de Padre. Eran imprevisibles. Servían tanto para celebrar algún suceso como para recriminar un error. Al menos el cinturón era sincero. Lo veías venir.

23. Amanece.

24. La gigantesca mesa se llena de cuencos de leche y galletas maría desperdigadas. Un azucarero que reparte Abuela y un tarro gigante de café soluble.

25. TresHermana enciende la televisión. Un periodista cansado entrevista a una famosa cantante. Se ha peleado con su marido, y le preguntan por un posible nuevo romance.

26. FamosaCantante sonó mucho por la radio un verano que se recuerda en el pueblo por el calor que hizo. Se acumuló tanto calor en las casas viejas que a primeros de septiembre, en plenas fiestas patronales, se generó una tormenta tan terrible que desarmó

el escenario y se lo llevó hasta MontañaEmpinada. Los agricultores recogieron restos de escenario durante tres meses; Hermanas apostamos a que todavía quedan residuos desperdigados.

27. Nunca más se montó un escenario en fiestas. Las empresas marcaron al pueblo con una cruz roja muy grande. Los festeros decidieron comprar unos altavoces enormes y poner música enlatada.

28. La tormenta se creó a las 17.10 en el nacimiento de RíoSeco y descargó a las 19.43 en el pueblo. Nos sabemos las horas de los acontecimientos porque TontoDelPueblo las chilla.

29. ¡Tormenta en RíoSeco! ¡Son las 17.10!

30. Nadie hace caso a TontoDelPueblo. Vive a las afueras, para que no moleste a nadie. En el extremo opuesto a la iglesia.

31. Nadie hace caso a TontoDelPueblo, pero todos le oímos. Nadie discute sus horas. Siempre tiene razón. Sabe más de lo que aparenta.

32. TontoDelPueblo fue mi primer novio. Abuela y Madre me decían: tienes que buscarte un buen novio, búscate uno que tenga dinero, que no sea del pueblo, que estos muertos de hambre no tienen ni para regalarte un ramo de flores. Una nochevieja, ya harta, recorrí los metros nevados de la calle sombría hasta que llegué a la casa y grité: ¡TontoDelPueblo, soy Elisa! ¿Quieres ser mi novio?

33. Abuela lloró tanto. Entre sollozos, susurraba, claro, no se llama Sofía. Sofía nunca lo hubiera hecho. Madre desapareció. Cuando me vio entrar con TontoDelPueblo.

34. Ave maría purísima. Sin pecado concebida.

35. Os presento a mi novio, TontoDelPueblo.

36. Una sombra cubrió el rostro de Madre. Abuela comenzó a temblar. Ay, ¿Sofía, qué has hecho? ¿Y tu puridad?

37. Madre dio media vuelta y salió al patio. Dejó las uvas sin tomar, señal de mala suerte. La campana de la iglesia se detuvo unos segundos antes de la octava uva, por si Madre volvía, pero nadie la vio pasadas las 23.37. TontoDelPueblo dio esa hora al entrar a casa.

38. Hermanas comieron las uvas. Padre también mientras se quitaba el cinturón. Abuela regó las uvas con lágrimas. Dos por cada uva, veinticuatro salaron la fruta, pero Abuela se las tomó. Solo quedaron las doce de Madre. Aún las guardamos en la repisa más alta de la cocina. Para nuestra sorpresa, se mantienen frescas.

39. TontoDelPueblo fue mi novio durante siete tañidos. La pausa de la octava campanada y la desaparición de Madre me enseñaron que yo era una egoísta y, por tanto, merecía todas las desgracias que me iban a suceder al año entrante. Lárgate, TontoDelPueblo, ya no somos novios.

40. A las 23.59 y cincuentaiocho segundos, cuando TontoDelPueblo cerró la puerta, descubrí que lo amaba, pero Orgullo impidió que me arrastrara y le pidiera perdón. Nunca más saldré del pueblo.

41. TontoDelPueblo sabe más de lo que aparenta.

42. Las 5.12 de la madrugada. La oscuridad protege al pueblo de los vaivenes borrachos. El frío detiene el reloj de la iglesia.

43. La sombra desgarrada de Madre volviendo a casa levanta los baldosines de las aceras. El helor huye al cementerio.

44. TontoDelPueblo sabe que son las 5.12 de la madrugada. No se atreve a cantar la hora, no desea llamar la atención de SombraDeMadre. TontoDelPueblo esconde el suceso por única vez.

45. Madre entra en casa y SombraDeMadre cierra la puerta. Vuelve el helor. El frío libera las manecillas del tiempo. Los baldosines encajan en los tímidos huecos.

46. Amanece.

47. Hoy es martes, jueves o sábado. Recibimos al camión de Panadero, todas con bolsas de tela bajo el sobaco. Quedan restos de galletas maría en el suelo. Viene temprano. Somos el primer pueblo.

48. Salgo a la calle. Huele a pan. A bollería de la buena. Panadero se desgañita listando los placeres que ha amasado la noche anterior.

49. Una vez, Abuela se comió una ensaimada que guardaba una legaña de Panadero. La escupió, le dio sueño y se durmió en la silla, pero no se quejó. Abuela nunca se quejaba. Solo protestaba porque no me llamaba Sofía.

50. Panadero tiene voz de tenor. Canta su inventario. Es nuestro Carusso particular. Madre no, pero algunas de sus amigas soñaban con pasar una noche con él, que les cantara al oído, que le diera una patada en los cojones secos al marido y cantara a pleno pulmón, melena al viento. Madre no era de ópera, en casa éramos de copla. Y de cantautores lascivos de voces guturales.

51. He comprado dos barras de pan y unas magdalenas. He pedido seis, aunque me ha puesto siete. A cambio, no le he cogido los céntimos que me devolvía. Creo que le gusto, pero no me gustan los tenores. Ni la gente que huele a pan. No me imagino follando con una barra gallega.

52. Entro en casa.

53. Ave maría purísima. Sin pecado concebida.

54. Dejo el pan en el mármol de la cocina. Veo las ollas repletas de mermelada. Odio cocinar. Madre me dijo que los pretendientes se derretirían y se pelearían entre ellos si sabía cocinar, así que me prometí no freír ni un huevo. Madre me pellizcó. Me tragué el dolor y cumplí mi promesa. Al menos, hasta hoy.

55. Las lágrimas sin derramar estropearán tus ojos.

56. Cada vez que veo una olla de mermelada, acerco la nariz y olfateo. Aquí no tiramos nada.

57. La mermelada sabe a desayuno de los domingos. A rebanada tostada en la chimenea. A la barra le faltan los cuscurros. Antes de entrar en casa con la compra me los como. Nadie se acuerda de que existen los extremos de la barra, piensan que se vende tal cual, con las migas al aire, como si vivieran en una choza sin puertas. A veces, también vacío un poco las migas. Abuela dice, has escondido una rata en el pan. No, Abuela, respondo. La rata la tengo yo en el estómago y la alimento de migas. Nos reímos.

58. Abuela tiene un ánimo estupendo. Menos cuando está con Madre. Ahí saltan chispas, y las nubes grises flotan en el techo de la casa. Hermanas cogen los paraguas y nos preparamos para la lluvia.

59. Una vez rieron juntas. A las 16.17, cantó Tonto-DelPueblo, que lo oímos. El viento venía de cara. Padre soltó alguna gracieta. A Hermanas y a mí no nos gustan sus chistes pasados de moda. Y el final de todas las gracietas es tocarnos el culo. Me cago en sus risotadas, me duelen. Me enferman. Él lo nota y me regaña. No te quiero, Elisa. Eres la peor de mis hijas. A veces amaga con sacarse el cinturón. El sonido de la fricción con el pantalón ya me tensa. Mis manos sudan. No sé cómo actuar. Entonces se ríe, con su carcajada falsa, y relaja las manos. Yo no. Soy incapaz. Esas noches duermo con los dedos agarrotados, tensos hasta sangrar.

60. TontoDelPueblo sabe más de lo que aparenta.

61. Hermano se ríe de las gracietas de Padre. Es el Hombre, creado a imagen y semejanza de Padre. Sin los pecados de Hermanas. Es nuestro Lancelot, y debemos adorarle. Madre busca una novia para él. Alguien que sea sumisa, dulce, obediente. Que le haga caso y le quiera. No como Abuela. No como nosotras.

62. A CincoHermana la visitó TíaVestidaDeRojo. Demasiadas visitas. Un problema más, gritó Madre a Padre. Encargaos vosotras, ordenó a UnaHermana y DosHermana.

63. Odio a TíaVestidaDeRojo. No nos prepara para el dolor. No nos prepara para la vergüenza. La mataría, la descuartizaría y me comería sus extremidades.

64. Tengo que confesarle mis pensamientos impíos a Cura. Quiero asesinar a TíaVestidaDeRojo y me gustaría ver lo que oculta Cura bajo la sotana. Eso no se lo digo, claro. Aunque dice que eso queda entre él y yo, seguro que luego se lo suelta a Madre o a alguna otra y no quiero tener peor fama que la que ya tengo. No sé por qué. Soy buena chica, de verdad.

65. Una gárgola siempre dice la verdad. Una quimera siempre miente.

66. Qué guapo es Cura. No soy la única. CincoHermana me lo confesó un día. Le imité, parecía él, con esos andares chulescos. Me senté en la vieja silla y le dije: confiésate ante mí. CincoHermana reía nerviosa, se ocultaba la sonrisa con la mano. Golpeé

mis muslos y la invité a sentarse encima. La llamaba imitando la voz sensual de Cura. CincoHermana se hizo la estrecha, pero accedió. Se sentó encima de mis piernas. Le acaricié el pelo.

67. A veces una mujer solo quiere que le den un beso. Y que le toquen una teta. Las dos.

68. Entró Madre. Nuestras risas huyeron. La alegría murió.

69. Pellizcos de Madre. Esta vez fueron violentos. Se nota al retorcer la piel, estira un poco más, la tira hacia ella y gira. Muchos grados, más que los que aprendemos en el colegio. Eso duele. No hacíamos nada malo, le chillamos, pero Lascivia nos contradice. Luego vendrá el cinturón.

70. FamosaCantante desapareció junto con los restos del escenario tras la tormenta. Nunca más se supo de ella.

71. Es de noche. Padre vuelve borracho. A cinco bares en el pueblo, una ronda por cada amigo, son… muchas jarras. De lo que sea.

72. Ave maría. Sin pecado concebida.

73. Madre susurra algo al oído de Padre. Los ojos, antes vidriosos, ahora escupen fuego y sangre. Madre no ha contado nada; tan solo ha dicho, sácate el cinturón. No se justifica nada en esta casa. Se actúa.

74. Nunca des explicaciones. Los amigos no las necesitan. Los enemigos no se las creen.

75. Suena la fricción del cinturón con el pantalón. Babas vengativas cargadas de odio iluminan el mentón ajado de Padre. Hoy usa la hebilla, fijo.

76. Noche de vendas e hipidos. No se puede llorar porque no hay que despertar al cinturón. El dolor es insufrible por la noche. La noche es el vestido de la muerte; negro, rasgado, aullante, febril. Temo a la noche, la que despierta el cinturón. No tengo piel, tengo dolor. Hermanas se callan y aguantan la ira en silencio. Hermano duerme hoy en ReinoPerfecto, no se entera de nada. No dejan que se entere. Ojalá se haga novio de TíaVestidaDeRojo y sufra el problema, que dice Madre.

77. Hermano no era el mayor, pero lo estiraron para que lo fuera. No era el más guapo, pero lo embellecieron para que se viera. No era el más listo, pero lo educaron para que lo creyera. Y hoy no le pegan. No le visita TíaVestidaDeRojo.

78. Amanece.

79. Huele a petricor.

80. Huele a lluvia. A hojas. A tierra. A nostalgia.

81. Huele a galletas maría empapadas.

82. Huele a pan.

83. Huele a limpieza.

84. Me pregunto qué hacen las hormigas en los días de lluvia.

85. Es sábado. DosHermana, CuatroHermana y Cinco-Hermana ya están limpiando, han terminado de desayunar. Suena la música de CantautorGutural. Se la han aprendido a base de limpiar y ahora forman un coro asíncrono de voces jóvenes y bayetas empolvadas. CuatroHermana siempre adelanta un poco la estrofa, le gusta hacerse notar. DosHermana y CincoHermana van a la suya; son respetuosas con CantautorGutural.

86. Me levanto y desayuno mis galletas maría. Me concentro en las gotas que caen en la ventana. No sé si hace frío, pero la ventana se ensucia de lluvia.

87. Cada gota encierra un pensamiento.

88. Cada pensamiento encierra un recuerdo.

89. Cada recuerdo encierra una persona.

90. La persona soy yo. La lluvia me pertenece. Es mi vida. Será mi muerte.

91. Un error en el tejuelo intercambia mis recuerdos.

92. No me gusta la lluvia, porque me trae recuerdos que no he tenido nunca.

93. Los recuerdos que horadan en mi interior están desterrados.

94. Salgo con mi paraguas. Me lo regaló Abuela. Se lo regaló a Sofía, pero me lo quedé yo.

95. Abuela me despedía con una cantinela que aun hoy, sin ella, repite mi corazón cada vez que salgo de casa.

96. Nunca des explicaciones. Los amigos no las necesitan. Los enemigos no se las creen.

97. Me acerco al vehículo de Panadero y lo saludo. Dame dos barras. ¿De qué tipo? ¿Rústica o gallega? No me quedan otras. Dame gallega, córtame los cuscurros. Hoy no los quiero. ¿Por qué? Tú hazlo.

98. Nunca des explicaciones. Los amigos no las necesitan. Los enemigos no se las creen. Siempre vuelve a mí.

99. Con la bolsa impregnada de olor a pan, me dirijo a GrandesAlmacenes. No tenemos grandes almacenes en el pueblo, claro. Es la única tienda donde puedes encontrar algunas compras, siempre que Tendera se digne a venderlas.

100. Tendera es buena mujer. Vende caro, pero es honesta. Le cuesta mucho obtener artículos y todos sabemos que si le pedimos algo, mueve cielo y tierra para conseguirlo.

101. Nos apuntábamos cosas que salían en los anuncios y se lo pedíamos a Tendera. Consígueme esto, gracias. Hacíamos porras por ver si lo conseguía o no.

102. Al final nos pillaron nuestros padres. La deuda que dejábamos en GrandesAlmacenes explotó. Apúntalo en la cuenta, Tendera. Gracias. La cuenta creció y creció. Y Padres se enteraron.

103. El cuero del cinturón. Fricción sobre el pantalón. La hebilla. La hebilla. Odio la hebilla. Mis lágrimas mueren bajo el odio y el miedo.

104. Las lágrimas sin derramar estropearán tus ojos.

105. La noche es difícil. Me duele el culo, la espalda. Me duele todo. Me duele el alma. Me duele el ser.

106. Odio. Odio. Odio. Me duele el odio.

107. Amanece.

108. Hoy hace cinco años que NovioDos murió.

109. Dicen que NovioDos murió de un ataque al corazón, pero yo sé que lo envenenaron los abusones porque le tenían envidia.

110. Era el único buen chico de la clase. El resto eran abusones, tragaldabas sin cerebro que nos acosaban y nos levantaban las faldas. NovioDos nunca me levantó la falda, ni cuando éramos novios.

111. ¿Puedo darte un beso? Claro. ¿Puedo abrazarte? Claro. ¿Quieres tocarme una teta? Claro. Tócame las dos, anda.

112. NovioDos no iba con los abusones. Nos veían las bragas cuando hacíamos el pino y hacían gestos obscenos. A escondidas, les untaba las manos de pegamento para que, cuando se pajearan, los dedos se les pegaran en su polla y fueran por todo el pueblo lloriqueando como niñatos, con los pantalones bajados y las manos pegadas mostrando sus pollas y sus huevos secos. Solo era mi imaginación, mi venganza silenciosa. Mi única manera de conseguir disfrutar de hacer el pino.

113. A veces los increpábamos, pero solo servía para que al día siguiente reforzaran sus ataques hacia nosotras.

114. Un día, a TragaldabaTres, mis amigas y yo lo acosamos en una clase de gimnasia y le bajamos los pantalones y el calzoncillo. El cobarde lloró y nos amenazó con una vocecita casi inaudible.

115. Aquella noche, el cinturón no dolió.

116. Echo de menos a NovioDos. Estuve meses sin hablar con nadie. Me sentaba en la mecedora de Abuela y me tiraba horas mirando al vacío.

117. Abuela me acariciaba la frente y susurraba. Ay, señor, si Sofía nunca te ha hecho ningún mal.

118. Madre no me molestó. Tampoco me animó. Pasaba por mi lado y me ignoraba. Sabía que estaba muerta y ni con esas se me acercó.

119. Este pellizco fue el peor de todos los que me dio.

120. Padre me traía la comida. Entendí que, a su manera, lo de que no me quería era una mentira. Tampoco deseaba hacerme daño con el cinturón. Era por mi bien. Era porque me quería.

121. Una gárgola siempre dice la verdad. Una quimera siempre miente.

122. Me mentía. Pero me traía la comida cuando no era capaz de levantarme para comer. Eso Madre no lo hizo nunca.

123. Abuela arrastraba una silla, se sentaba a mi lado y tejía. Me recitaba historias de vecinos. No recuerdo ninguna, pero me confortaba. Nunca se lo dije.

124. Abuela murió sola. Su muerte fue la carta de despedida que me escribió. Me enseñó, en forma de recuerdos, que siempre había estado a mi lado, como una sombra. Como una sombra que me cuidaba sin que yo lo apreciara. Abuela me llamaba Sofía porque me quería. Y yo la negaba diciéndole que me llamaba Elisa.

125. Las lágrimas que tuvo que derramar porque su Sofía no quería existir.

126. Las lágrimas que derramé cuando por fin descubrí la verdad. Pero Abuela ya no vivía.

127. Abuela murió envuelta en hormigas.

128. Nunca des explicaciones. Los amigos no las necesitan. Los enemigos no se las creen.

129. Amanece.

130. Día de iglesia. Día de bares para ellos. Día de rosario para ellas. Las mayores esperan junto a la puerta para ver quién se escapa de ir. Al día siguiente le recriminarán. Si es un hombre, tiene dispensa. Iba borracho, tenía que comprobar los bancales, estaba arreglando alguna cañería.

131. Día de ver a Cura. Es lo único que me alegra del domingo. Cura habla. Cura recita. Cura canta. Cura nos confiesa. Yo confieso lo banal y me escondo en el averno.

132. Averno es anagrama de verano.

133. Me gustaría estar en el bar, con los hombres. Beber pecado y comer yerro. Abrir pequeñas bolsas de patatas fritas. Degustar almendras fritas. Esta ronda en este bar la pago yo. Luego, el resto de hombres me invitarán a una en otros bares. Así es el negocio en el pueblo.

134. Pero AlcahuetaDeCalleAbajo me observa, por si me escapo. Yo cumplo con todo. Rezo. Me levanto. Doy la paz. Madre y Hermanas llenamos un banco entero y nos giramos para dar la paz a quien esté detrás. Los de delante hacen lo mismo con nosotras. Padre y Hermano nos esperan en el bar. Con almendras fritas, pecado y yerro.

135. NovioDos se sentaba detrás de mí. Ambos esperábamos darnos la paz. No nos dábamos un beso, nos dábamos la mano.

136. Con un solo roce de mano, una caricia inocente, crecía un beso, un ardor en las mejillas. La pasión que nacía de unos dedos casi entrelazados se regodeaba en órganos lascivos. Cura se enterará, pensaba yo. Cura advertirá el halo pecaminoso que yace sobre mi cráneo y todo se irá a la mierda bajo el yugo del cinturón.

137. Pero no. Los dedos se separaban. El último lloraba y se negaba a abandonar la piel reconfortante del amado.

138. NovioDos. No me sueltes. Tengo miedo. Mis labios se abren para decir algo, para soplar mi amor y mi deseo.

139. La paz termina. Se puede ir a la mierda. Si esa es la paz, quiero la guerra. NovioDos es mío, solo para mí.

140. Los abusones lo envenenaron. No murió por un ataque al corazón. Era bueno conmigo, con todos.

141. TontoDelPueblo marcó su muerte a las 12.56. Mi corazón se detuvo. Mi alma se desvaneció.

142. Dejé de ser una niña para convertirme en una mujer. No me gustó.

143. Dame una razón para ser una mujer.

144. Me querían de luto. Desgarré el luto. Me querían de negro. Me bañé en colores. Me querían llorosa. Guardé cada lágrima que intentaba salir en mi corazón. No las olvidé; tan solo las guardé. Algún día saldrán e inundarán mis ojos. Cuando pueda estar junto a él, en su tierra, con sus gusanos.

145. Me mecía junto a Abuela. Ella era la única que me respetó. Estuve ciega en mi niñez.

146. Podría llamarme Sofía, pero me llamo Elisa.

147. La primera vez que subí en moto fue con NovioDos. Era una moto normal, de las que se usaban para viajar entre pueblos. Yo iba detrás. Me chillaba, mira qué bonito se ve el pueblo desde aquí. Yo lo abrazaba con toda mi alma y sonreía. Era feliz. Sentía el viento peinar mi pelo. Era feliz. Cerré los ojos durante todo el trayecto.

148. Solo lo escuchaba a él, al motor y a los chillidos histéricos de mi pelo, que desplegaba la bandera de Libertad.

149. A la vuelta, me dejó ir delante. Él agarraba las manetas y casi me abrazaba. Sentía su cuerpo en tensión rozando mi vestido. Era feliz. De nuevo.

150. Ojalá en ese momento hubiéramos tenido un accidente mortal y nos hubieran enterrado juntos. Ojalá en ese momento hubiéramos acabado con nuestra dicha más sincera.

151. No me dejes sola, NovioDos. Vas a morir, pero yo no. Mátame. Ten un accidente, llévame contigo. No puedo crecer si tú no estás a mi lado.

152. Me he dado cuenta de que, a partir de hoy, voy a vivir más tiempo sin ti que contigo. La losa del tiempo cae sobre mí y me aplasta sin remedio. Dejas de ser real para convertirte en un recuerdo, a veces sincero, a veces corrompido por otras memorias. El tiempo no es justo. Nada lo es. La vida tampoco.

153. No fuiste justo. Deberías habernos matado con la moto. Dijiste que me querías, pero no era verdad. Si me hubieras querido, me habrías matado en ese momento. Llévame contigo, no me dejes sola.

154. Una gárgola siempre dice la verdad. Una quimera siempre miente.

155. NovioDos.

156. Cuando voy al cementerio a verte, me fijo en una inscripción en una lápida. No te rías, que antes de que te des cuenta estarás enterrado conmigo.

157. Amanece.

158. La mecedora chirría. Abuela teje. Observo la negrura de mis pensamientos.

159. Amanece.

160. Negrura.

161. Amanece.

162. Un día más.

163. Amanece.

164. Un día menos. Me acerco a ti.

165. Amanece.

166. Tengo que desempolvar mi alma.

167. Amanece.

168. Debo despertar.

169. Amanece.

170. ¡Despierta!

171. Me levanto. Doy un beso a Abuela en la frente. Me mira despistada pero sonríe. Sabe que me he despertado. Tengo ganas de oler a petricor y comer galletas maría.

172. TontoDelPueblo avisa de mi despertar. Son las 09.03. También sonríe.

173. No me gusta el mar. La mar. Me da miedo. Sí, me fascinan las imágenes. Veo en la tele esos horizontes infinitos de olas y pescados en un conjunto inquieto y me agobia la falta de tierra. Mis primos pescadores me han invitado varias veces a navegar en sus barcas, pero soy incapaz de decir que sí. Siempre les miento y les digo que Madre se opone. Menos mal que no se habla con ellos.

174. Tienen una casa cercana en el pueblo. De vez en cuando vienen a descansar. La mayoría de veces no nos visitan. No conozco esas historias odiosas. Me llevo muy bien con PrimaPescadora, y también con PrimoPescador; por eso preferimos no hablar de las disputas familiares. Cuando mueran todos, nos abrazaremos sin temor al qué dirán.

175. La última vez que llegaron al pueblo fue a las 04.27, según TontoDelPueblo. Nos despertó a todos. Nadie puede venir de madrugada al pueblo sin que nos enteremos. Madre no se levantó. Yo sí. Me puse el chándal y fui a recibirlos. PrimaPescadora se había separado de su marido y necesitaba tranquilidad, así que PrimoPescador, siempre atento, llenó las maletas y la trajo. El aire del pueblo cicatriza las heridas. La lluvia las abre. Al llegar a casa, recé para que no lloviera.

176. La lluvia me pertenece. Es mi vida. Será mi muerte.

177. Es día de mercadillo. Las calles huelen a verduras, a fruta. Huelen a ropa humilde. A zapatos. Huelen a quesos, a encurtidos.

178. Huelen a cerámica, a juguetes clásicos. Huelo a desodorantes minerales, a zapatillas. Huelo a liquidación total, a ajos, a paquete de bragas. Huelo a ventas escritas a mano. Huelo a regateo, a devoluciones.

179. Me dan los buenos días personas que no tiene buen día, que muestran cansancio en su rostro. Sus sonrisas ocultan la complicada jornada. Levantarse temprano, montar el puesto, vender, sonreír. Vender, sonreír.

180. No regateo. El precio siempre es justo con ellos.

181. PrimaPescadora se lleva bien con mis amigas. A pesar de ser algo mayor, se integró enseguida al grupo. Es guapa, y muy lista. Cuando viene, trae latas de sardinas y nosotras le regalamos aceite y vino.

182. El marido de PrimaPescadora me caía mal. Se veía a la legua que trataba mal a mi prima. Una vez, en plenas fiestas, la increpó violentamente y fuimos todos a ayudarla. Él estaba borracho, cómo no, quizás drogado. No le había pegado, pero la tenía arrinconada junto a una pared. Ella no lloraba, pero la tensión le deformaba el rostro. Aquel día durmió en nuestra casa. Todos dormimos con ella. MaridoBorracho vino al día siguiente a pedir perdón, arrepentido. Como siempre. Como cada vez que le grita.

183. MaridoBorracho ni quería pedir perdón, ni estaba arrepentido. Solo quería que ella le hiciera la cena. Como siempre.

184. Hermano le cerró la puerta en las narices sin decir palabra.

185. Nunca des explicaciones. Los amigos no las necesitan. Los enemigos no se las creen.

186. Abuela es muy sabia.

187. Días después, PrimaPescadora apareció abrazada a MaridoBorracho. Juró y perjuró que estaba arrepentido y que era otra persona distinta.

188. MaridoBorracho pasaba el brazo por el cuello de PrimaPescadora.

189. Nada había cambiado.

190. Hermano lloró. Amaba a PrimaPescadora. Todas lo sabíamos.

191. Madre y Padre no. Menos mal. Hubieran acabado con el amor platónico a golpes de cinturón.

192. Por cada abrazo, una hebilla sangrienta.

193. Por cada deseo, un dolor supurado.

194. Por cada beso… No puedo imaginarme la tortura que conllevaría un beso inocente.

195. Hoy Agricultor me lleva de paseo con el tractor. Vamos a visitar a gente de la cooperativa. Me gusta ir detrás, en el remolque. Tiene un banquito incomodísimo, pero me apetece ir sola y sentir el aire fresco.

196. Mientras hablan de negocios, paseo entre los productos que ofrece la cooperativa. Hay mucho aceite

y vino. Seguro que el aceite es intenso. Hay gente de la Ciudad a la que no le gusta. No aprecian lo bueno que es, aunque se llevan garrafones para regalar.

197. No me gusta formar parte de una estampa bucólica.

198. El vino tiene cuerpo, dicen. Yo no tomo vino. De pequeña tuve una pesadilla con lagares llenos de uñas. No es real, lo sé. Mi fobia se hizo real y no me ha abandonado.

199. TontoDelPueblo avisó a las 04.27 de la llegada de PrimaPescadora al pueblo. Me puse un chándal y fui a visitarla. Se había separado de MaridoBorracho. PrimoPescador me contó que quería quedarse aquí, con nosotras.

200. Yo le prometí que hablaría con Madre. Y que Hermano cuidaría de ella. Y nosotras. Estamos juntas en esto. Te queremos, PrimaPescadora.

201. Amanece.

202. TontoDelPueblo despierta afónico y se asusta. Llamamos al médico. Se pasará el practicante. Hoy es día de paciencia.

203. Nos turnamos para acompañar a TontoDelPueblo. Quiere anunciar las horas de los sucesos, pero no puede y se pone nervioso. Alguien aconseja darle un papel y un bolígrafo, pero TontoDelPueblo no sabe escribir.

204. TresHermana trae un reloj de mesa que no usamos y se lo ofrece a TontoDelPueblo. Le dice que mueva las manecillas a la hora que desee y nosotras

las apuntaremos. Coge el reloj, sonríe, y nos va indicando tiempos.

205. 23.34

206. 23.52

207. 00.37

208. 02.48

209. 03.31

210. 04.15

211. 05.07. Llaman a la puerta.

212. Ave maría purísima. Sin pecado concebida.

213. Es el practicante. La casa se llena de olor a alcohol, jeringuillas y cataplasmas.

214. El estuche metálico del practicante siempre me ha puesto muy nerviosa. Salgo de la casa, que no esperen a que le ayude. No soy de esas. Me autojustifico.

215. Nunca des explicaciones. Los amigos no las necesitan. Los enemigos no se las creen.

216. Mira la hora que es. Tengo que preparar la cena. He dejado solos a Padre y Madre. Ya hay gente cuidando de TontoDelPueblo. No podemos estar allí todo el pueblo, se pondrá más nervioso.

217. Panadero ha llegado a la plaza. Hace días que TontoDelPueblo recuperó la voz y el pueblo huele a pan y a bollería.

218. Cartera me da una carta. Me estaba buscando para entregármela. Le sonrío y se lo agradezco. Me la envía PrimoPescador.

219. La abro en mi habitación, después de guardar el pan y hacer un par de recados para Madre. Me da saludos y besos. Es muy agradable mi primo. Me escribe porque MaridoBorracho no termina de aceptar que está en proceso de divorcio y teme que aparezca por el pueblo para montar algún numerito.

220. MaridoBorracho es nuestro hombre del saco y pienso hacer todo lo imposible para que no entre en nuestro hogar, en nuestro pueblo.

221. Me contaron que, hace muchos años, un ladrón robó en varias casas del pueblo. Los vecinos se dieron cuenta y salió todo el pueblo a por él. Tuvo que huir saltando entre bancales hasta llegar al local de la guardia civil, pidiendo protección y devolviendo todo lo que había robado.

222. Con este pueblo no se juega. Son abusones, mentirosos, pendencieros, cotillas. Pero son buena gente y saben estar cuando se les pide ayuda.

223. Solo NovioDos era bueno de verdad, pero lo envenenaron con sus maldades. No murió de un ataque al corazón.

224. TragaldabaTres maduró cuando le bajamos el calzoncillo. Dejó de cagarse encima y comprendió que es mejor tratar con respeto a la gente que lo rodea. Años después, se casó con CuatroHermana.

225. No es el mejor cuñado que podría tener, pero trata con respeto a mi hermana y lo queremos.

226. Hermano y TragaldabaTres suelen ir juntos al bar, a tomar pecado y yerro. Se llevan bien, tienen la misma edad. Les gusta ser los hombres del pueblo y las tradiciones.

227. MejorAmiga y yo vamos juntas desde el jardín de infancia. Siempre hemos sido inseparables.

228. A donde iba MejorAmiga, yo la acompañaba. Si tenía que hacer recados, yo iba con ella. Si bajaba a PuebloCercano, yo estaba a su lado. Si quería comer unos cacahuetes salados, yo se los compraba. Nos llevamos genial. Incluso cuando dejamos de vernos, porque ella veranea en sitio de playa, a la vuelta nos tiramos horas hablando de nuestras cosas.

229. Ella fue la primera que se enteró de que salía con NovioDos. Antes que cualquiera de mis hermanas. Ella fue la primera que me abrazó cuando me enteré de su muerte.

230. De pequeña, yo tenía celos de cualquiera que se acercara a MejorAmiga. La quería solo para mí. En clase no estaba junto a ella y me tiraba toda la clase mirándola, a ver si se daba la vuelta y me saludaba. Hacía huir a sus amigas de su lado. MejorAmiga era solo amiga mía. Y era la mejor. No sé si alguna vez se dio cuenta. En mi interior, pensaba que sí lo sabía y se regodeaba en mis celos, y hablaba con más gente, intentando que yo me volviera loca.

231. NovioTres duró muy poco. Según los tiempos de TontoDelPueblo, no llegó a cinco días por treintaisiete minutos.

232. Treintaisiete minutos es lo que tardo en desayunar siete galletas maría más siete minutos. El siete es mi número favorito.

233. El siete es un número primo. Me lo paso bien con mis primos pescadores.

234. NovioTres era de otro pueblo. Pertenecía al grupo de un conocido de una amiga del colegio. Tonteamos una buena temporada. Nos decían que éramos la pareja perfecta. Él, superguapo. Yo, superguapa. Él, ligón. Yo, irresistible.

235. Quería que fuera a vivir con él a su pueblo. Ahí lo dejé. Sigue siendo tan chuloplaya como el primer día.

236. Me preguntó por qué lo dejaba. Le respondí que no doy explicaciones. Él ya era mi enemigo y, por tanto, no se las creería.

237. Qué sabia eras, Abuela.

238. PrimaPescadora me acompaña a la playa. Es la primera vez que veo el mar. Volvemos la esquina y me topo con el aire y el océano.

239. El tiempo se detiene. Mi pelo ondea con el viento y con el agua.

240. Descubro cómo huele el mar. Huele a saudade. Lo conozco toda mi vida, pero no lo sabía.

241. Ahora lo sé.

242. Se apagan los ruidos de la gente y de los coches. Suena el abigarrado eco de la arena mojada. Mi melena se humedece. Huele a playa. Se escucha el latir de algas que se arropan mutuamente sobre el ardor de las primeras toallas.

243. PrimaPescadora me invita a descalzarme. Piso la arena por primera vez.

244. Está caliente.

245. Arde. Como arden mis recuerdos.

246. Camino dubitativa. Mis huellas florecen ante un sendero invisible.

247. Son mis huellas el camino y nada más.

248. Mis dedos se muestran ásperos, reticentes a la arenilla. Siento deseos de limpiarlos.

249. PrimaPescadora corre hacia la orilla. Yo me hundo en la arena, poco a poco. Me cuesta andar.

250. Me llama.

251. Camino lenta. Las huellas son más firmes. La arena me quema.

252. El mar me llama.

253. Unos jóvenes pasan por mi lado. Me manchan de arena. Lo agradezco. Son todos muy guapos. No había visto nunca unos cuerpos como esos. Ni siquiera el de NovioDos.

254. PrimaPescadora me espera.

255. Llego a la orilla y miro atrás. Los pelos me dificultan la visión. Mis primeras huellas se han perdido.

256. Mi primera vez se ha perdido. Nunca más viviré mi primera vez. Recordaré, como todos los recuerdos, imágenes falsas y perfectas. Pero no lo volveré a vivir.

257. Meto los pies en el agua. Siento un escalofrío. Cientos de escalofríos.

258. Noto la historia del mar. Me golpean los navíos naufragados. Me ahogo buscando una vida mejor. Recorro distancias en un cardumen de poemas refrescantes. El mar me habla y yo lo escucho.

259. Me susurra historias mitológicas, leyendas sin fundamento que recorren sus fondos. Pide auxilio. El lamento es quedo. Entiendo su calma bajo la congoja.

260. No quiero despertar.

261. Quiero vivir en el mar. Siento su abrazo salado en mis lágrimas.

262. Siempre te he conocido. Nunca te he encontrado. Hasta ahora.

263. Soy barca. Soy remera. Soy pescadora de historias.

264. Grito. Me abrazo a PrimaPescadora. Ríe conmigo.

265. ¿Por qué lloro? ¿Por los momentos olvidados en los que anhelé mojar los pies en la antesala del

océano? ¿Por recuperar una amistad que nunca me delató?

266. Me oculto en el pecho de mi prima. No puedo reaccionar. Mi cuerpo se estremece.

267. Soy una niña pequeña.

268. Veo a una niña pequeña.

269. La niña quiere comer. Le han dejado algunos alimentos, está sentada a la mesa. Lleva un babero amarillo, algo sucio.

270. La niña agarra el tenedor como puede. Mira el plato. Unos guisantes emergen de un caldo marrón. No piensa en la cuchara. Le vendría mejor. No puedo aconsejarla.

271. Siento a una niña pequeña.

272. Intenta pinchar un guisante. Se enfada. Quiero ayudarla, pero no puedo.

273. No me deja.

274. Son mis huellas el camino y nada más.

275. Recorre con el tenedor amenazante el camino de guisantes que se deslizan y sumergen en el barro. No pincha ninguno. Se enfada aún más.

276. Sacude con su manita izquierda el plato. Se mancha el babero. Ríe. Juega con los guisantes que se han esparcido en el mantel.

277. Yo soy la niña pequeña.

278. Son mis guisantes. Es mi sopa.

279. Primero tengo que comer los guisantes. Los pincho con el tenedor. Cuando no queda ninguno, cojo la cuchara y me ahogo entre raciones desbordantes de caldo caliente.

280. Quema.

281. ¡Quema, quema!

282. El paladar se queja. Siento la necesidad de beber agua para calmar el fuego que arde en mi boca. Me duelen las encías, me crecen ampollas que se convertirán en piel seca. Me despellejaré moviendo la lengua de un lado a otro, estirando.

283. Echo el bocadillo de pan al plato. Se hincha. Río.

284. Madre se enoja. Madre grita. Madre me pega en el brazo y lo aleja. Cae un poco más de caldo sobre el tapete y sobre el babero.

285. Me pellizca.

286. Lloro. Derramo guisantes en forma de lágrimas. O lágrimas en forma de guisantes. No lo sé. Es un recuerdo.

287. Un recuerdo que el mar me ha devuelto. Como si fuera un mensaje en una botella.

288. El mar está lleno de botellas con recuerdos secos. Van y vienen empujados por las corrientes. Hay recuerdos que flotan. Otros se sumergen.

289. Los peces no comen recuerdos. Les dañan.

290. La piel se me eriza al salir de la playa.

291. No me esperaba esto.

292. Quiero vivir al lado del mar.

293. Hicimos una trastada gorda, muy gorda. No la recuerdo bien, pero sé que fue tremenda porque Padre nos puso a todos en fila y nos pegó con el cinturón muchas veces.

294. Una, dos, tres… La hebilla duele. La hebilla duele. La hebilla duele.

295. Perdí la cuenta tras contar veintisiete lágrimas de Hermano.

296. Histérico, le arrancó a Padre el cinturón de las manos, tiró de él. Padre no supo reaccionar. Hermano chilló y comenzó a pegar a Padre con el cinturón. Padre intentó detenerlo, pero no pudo. La vejez lo sepultó en vida. El tiempo rasgó sus articulaciones y fue incapaz de defenderse. Cayó al suelo, y Hermano le chillaba y lo golpeaba. El rostro se le manchó de sangre. Imploraba clemencia, la que él nunca ofrecía. Hermanas y yo nos quedamos quietas, sin poder movernos, sin respirar. Hermano seguía golpeando sin piedad. Iba a matarlo. Por él. Por nosotras. A golpe de hebilla.

297. Madre entró corriendo al escuchar los gritos de auxilio de Padre y se abalanzó sobre Hermano. Padre huyó. Hermano se tumbó en el suelo. Gemía. Temblaba de pánico y desahogo. Madre lo abrazó, en parte para que no se moviera. No recuerdo más.

No sé qué hicimos nosotras. La niebla oculta mis recuerdos.

298. Padre no volvió a pegarnos con el cinturón.

299. Un error en el tejuelo fragmenta mi nostalgia.

300. Hermano se fue del pueblo.

301. No dimos explicaciones.

302. Los amigos no las necesitaban.

303. Los enemigos no las creerían.

304. Abuela se mece en una tarde veraniega.

305. Las galletas maría no resisten el calor, aun guardadas en un lugar seco.

306. Según TontoDelPueblo, son las 17.05. Las galletas se han desintegrado y han llenado el suelo de arenilla comestible.

307. Un ejército de hormigas conquista el comedor. Entran por la puerta de madera que separa la casa del patio. Vienen de fuera, son extrañas.

308. Algunas trepan por las zapatillas de Abuela. Son cada vez más. Cientos de ellas recorren sus tobillos hinchados. Ni se inmuta. Parece que las estaba esperando.

309. Llegan hasta los brazos. No se ve su piel. Siguen subiendo. Cubren la cara, la cabeza. Solo se ve la boca, que queda libre.

310. No te rías, Sofia, me susurra. Antes de que te des cuenta, estarás enterrada conmigo.

311. Abuela muere a las 18.43. TontoDelPueblo es el primero en enterarse.

312. TontoDelPueblo sabe más de lo que aparenta.

313. Viene el médico. Viene el juez. Vienen las plañideras.

314. La enterramos cubierta de hormigas. Madre no quiere que la limpien. Si la han matado las hormigas, se van con ella al averno.

315. Averno es anagrama de verano.

316. En verano enterramos a Abuela. Y al averno fueron las hormigas. No sabemos a ciencia cierta el destino de Abuela, pero yo la imagino en el cielo. Era buena.

317. Solo yo utilizo la mecedora de Abuela. Me da calor, me abraza. Mis recuerdos la reviven. Soy consciente de estar idealizándola, pero me da igual. Necesito estos sentimientos. Necesito la compañía perfecta de una mujer a la que quería de pequeña, con sus defectos, con su manera extraña de tratarme.

318. Quiero estudiar. Y trabajar. No quiero ser como Madre. Me gusta escribir. De pequeña reunía a los vecinos y les narraba pequeños cuentos que me inventaba. Me gustaría ser escritora. Voy a estudiar para ser escritora.

319. Padre y Madre no muestran el mismo entusiasmo que yo ante mis estudios, pero me respetan, y sé que no pondrán obstáculos. Solo los mínimos. De acuerdo, pero estudia algo que veas en la universidad de

aquí al lado, que no podemos pagarte los estudios fuera. Será tu trabajo, no lo olvides. No pierdas el tiempo, que te conocemos. Tienes que ser constante. Sé buena hija. Eres muy lista, lo conseguirás. No nos hagas perder dinero. Tráete un novio con dinero.

320. Amanece. Era un sueño. Un maldito sueño.

321. Padre lleva días sin hablarme. Debes estudiar para ser alguien importante, de carrera. Una abogada o una médico (se niega a llamarme médica). Piensa en las necesidades de la gente del pueblo. Es lo último que me dijo. Al menos no has pactado un matrimonio de conveniencia, le respondí. ¿O quieres que me case con el hijo de Alcalde? ¡Anda! ¡Si no tiene hijos, solo tiene una hija! Oye, pues bien guapa que es. ¿Te imaginas que algún día me pueda casar con ella? TontoDelPueblo avisó de que eran las 10.58. Desde entonces, sigue sin hablarme.

322. NovioCuatro es pobre. Es un heavy pajillero que se corre con cualquier calvo con micro que cante una balada.

323. Las baladas heavies son las mejores de la historia. Este pavo no ha oído una balada en su puta vida.

324. Lo conocí en el primer año de carrera. Sabe de todo, es un pozo de sabiduría. Tiene respuesta para todo.

325. Me tiene hasta el coño de sus consejitos.

326. Le incomoda que lleve unos pantalones más cortos que él. Pues pajéate y déjame en paz, qué quieres que te diga.

327. Me escribió un poema y lo dejó en mi silla. Parecía una mala estrofa de una mala balada heavy, pero me gustó. No lo transcribo aquí por vergüenza ajena.

328. Es buen chaval. Tiene poco respeto a su vida, bebe y fuma más de lo que debería, y es pedante hasta el tuétano, pero puedes confiar en él. Siempre que lleves unos pantalones más largos que los suyos.

329. Le he dejado. Si TontoDelPueblo viniera a la universidad, me diría la hora, pero yo no la he visto. No me fijo. Si durante tu vida alguien te ha marcado las horas de todos los acontecimientos, ¿para qué me voy a fijar yo en un reloj?

330. NovioCuatro es buen chaval, en serio. Le deseo que encuentre a una heavy que cante con él esa música empalagosa. Que se compren el mismo pantalón y sean felices y hagan *headbanging* juntos. Mis cervicales no dan para más.

331. Este fin de semana son las fiestas del pueblo, así que aprovecho y voy a descansar de los estudios una semana. Los exámenes aún están lejos y me apetece ver a MejorAmiga y a Hermanas y Hermano.

332. Madre me hace salir en la procesión de la patrona. Hay que recorrer todo el pueblo llevando un cirio. Me miran, hacía tiempo que no me veían. ¿Cómo estás? Qué guapa estás, hija, eres el vivo retrato de tu abuela. ¿Tienes novio? ¿Ya tienes hijos? Que no se te pase el arroz, hija, que mira a VecinaOdiada, que era casi tan guapa como tú, pero no quiso tener hijos y ahí está, que hace cosas raras, ya sabes. Aquí

eres muy querida entre los zagales, seguro que hay alguno que te guste.

333. Un comentario más sobre mis ovarios y juro que cometo un genocidio. Aún queda recorrer medio pueblo para que termine la procesión.

334. En navidad, las mujeres cocinan dulces y se preparan enormes mesas a la entrada de las casas para agradecer las visitas. Hermanas y yo corremos de casa a casa recogiendo turrones y mantecados. Llenamos nuestras faldas y nos comemos los dulces sentadas en el borde de la acera, a pesar del frío. Cuando terminamos la ronda, pasamos por las casas de enfrente.

335. Ave maría purísima. Sin pecado concebida.

336. Cogemos los polvorones y huimos.

337. ¡Feliz navidad!

338. Madre nos regaña. No os vayáis tan pronto. Saludad y conversad un poco, que no hace daño.

339. A mí lo que me interesa son los dulces. Los cotilleos del pueblo no me interesan. Si es de algún chico nuevo, sí. Pero si son de los tragaldabas, me lo paso mejor comiendo dulces con mis amigas. Además, me quieren enseñar las recetas y odio cocinar y a todos los malparidos a los que se les enamora llenándoles la panza.

340. En las fiestas patronales vienen familiares y amigos de vecinos. Nos gusta tirarles los tejos a los mayores para ver si nos los follamos en los bancales.

El alcohol nos libera. Yo nunca lo he hecho, pero MejorAmiga sí. Se llevó al tío de UnaVecina y follaron bajo un algarrobo. Hicimos guardia para que nadie del pueblo pasara por allí. Al día siguiente, el árbol estaba seco. Nunca más dio frutos. Lo talaron tres años después. A las 21.48, dijo TontoDelPueblo.

341. UnaVecina se enteró y persiguió a MejorAmiga por todo el pueblo para matarla. No sabemos quién se soltó de la lengua, pero fue un buen escándalo. Madre medió y al final no llegó la sangre al río.

342. Para hacer prácticas de escritura se me ocurrió ofrecerme para ser cronista del pueblo. Conseguí una cita con Alcalde.

343. ¿Qué quieres, Elisa? Pues, como me gusta escribir y quiero mejorar, he pensado en que podría ser la cronista del pueblo, si lo considera adecuado. Pues sería buena idea, pero no te puedo pagar. No se preocupe, Alcalde. Me sirve como prácticas para la universidad. Ah, ¿que estás en la universidad? Pensaba que eras más joven. Gracias (¿gracias?), Alcalde. Sí, estoy estudiando para labrarme un futuro mejor y poder trabajar en lo que me gusta. Ah, ¿y le has pedido permiso a tus padres para trabajar aquí? Bueno, Alcalde, con todo mi respeto, ya soy mayor para tomar mis propias decisiones. No, no me malinterpretes, si ya veo que eres mayor, y muy guapa, y lista. Pero no quiero encontrármelos y que se me enfaden porque no tenías su permiso. No se preocupe, Alcalde, mis padres están conformes y yo estoy contenta de poder trabajar como cronista sin recibir nada a cambio.

344. No fui cronista. Alcalde tomó ciertas libertades e intentó engatusarme de una manera violenta. Me despedí sin dar explicaciones y cerré la puerta.

345. Nunca des explicaciones. Los amigos no las necesitan. Los enemigos no se las creen.

346. Madre se enfadó, claro. Que qué es eso de cerrarle la puerta a Alcalde. Que primero le has pedido trabajo y luego le cierras la puerta. Alcalde siempre nos ha tratado bien, y hemos conseguido cosas gracias a él. Deberías estar agradecida de que te dejara trabajar en el ayuntamiento. Me dijo que te había propuesto incluso un pequeño sueldo, no mucho debido a la precaria situación de las arcas públicas, pero suficiente para que te pudieras comprar algo de maquillaje, que siempre te ve muy pálida. Me ha dicho que controles la salud, no sea que estés enferma y no lo sepas. Alcalde es muy simpático y se preocupa por ti, Elisa. Lo que no entiendo es por qué le pediste trabajo para luego rechazarlo. Si sigues por ese camino, no conseguirás nada. Fíjate en tus hermanas.

347. Mis hermanas. Todas casadas, cisheteras, con sus maridos de buen sueldo, sus coches, sus casas. Son la estadística perfecta, Cura estará orgulloso de ellas. De mí no. Me alegro, ha envejecido mal. Podría haber colgado la sotana por mí, pero no lo hizo. Así le exploten los huevos.

348. Madre sigue tirando el paño al suelo y se arrodilla para limpiar. Me rompe el alma. Cada vez ayudo más en la limpieza porque no aguanto verla arrastrarse

con su espalda maltrecha. Es inhumano. Le tiene miedo a la fregona, al acomodamiento. Es de esas mujeres que tiene que sufrir innecesariamente. Hermanas y yo hemos ido suavizándole las tareas domésticas. Hermano no, aunque nos ayuda un poco. Es mejor que Padre, pero no es suficiente. Las hermanas mayores ya se han ido de casa, y aparte de multiplicarnos para mantener la enorme casa rural, pasamos la mitad del tiempo peleándonos con Madre para que deje de una puta vez sus sufrimientos. Esto solo acabará el día que vaya en silla de ruedas. O muera.

349. Es difícil dar consejos. Tanto como recibirlos.

350. Si se estropea un tejuelo, reponlo. De lo contrario, no serás capaz de encontrar un libro, como el recuerdo de la comida de ayer. Es mi consejo de hoy.

351. Si trabajo de secretaria no voy a limpiar la oficina. Ni llevar cafés. Quiero escribir y organizar agendas, no ser aprendiz de chacha.

352. Escondemos los paquetes de compresas para que Padre no los vea. ¿Es normal? Me dan ganas de estamparle una en la cara. Presume de hija guapa, no de hija lista. Voy a golpearme los dientes con una piedra, como la abuela de la película japonesa, para estropear mi sonrisa. No quiero a nadie a mi lado si solo soy la chica guapa.

353. Por eso no tiene fe en mí, en mis estudios. Cree que no puedo ser ni abogada ni médica. Y tiene razón. No puedo serlo porque quiero vivir de mi escritura. Estudiaré periodismo.

354. La primera vez que pensé en el suicidio era muy joven. La culpa fue de los tragaldabas. Aquellos hijos de la gran puta formaban un pasillo delante de la entrada al autobús. Tenías que pasar por el pasillo si querías volver a casa. Te tocaban el pelo, te empujaban. Te manoseaban y se reían.

355. Cuando le bajamos los calzoncillos a Tragaldaba-Tres temimos una venganza cruel, pero no ocurrió nada. Fue nuestra lotería, tuvimos suerte. El mundo se detuvo y los tragaldabas nos dejaron en paz. Quizá fueron a meterse con otra gente, cobardes hay en todas partes. Abusones también.

356. La mecedora se convirtió en mi espacio favorito para las lecturas. Por la tarde me preparaba una bebida, cogía un libro y buscaba entre sus palabras un camino que me permitiera volar.

357. Las palabras salen del libro y me acarician, como si fueran mascotas. Las buenas y las malas. Un invisible reguero de estrofas balancea la mecedora. Las poesías son más intensas. Consiguen mecer hasta alcanzar los extremos de los arcos del sillón.

358. Las novelas son más pausadas. Las primeras palabras dibujan un camino llano. Huele a albahaca y romero. Huele a amor sintáctico. Las flores sujeto se llenan de abejas preposicionales. Me gusta meditar bajo árboles verbales y comer sus frutos en forma de complementos.

359. Las historias florecen en mi imaginación. Las hago mías. Yo soy protagonista del relato, cuido mi casa, riego mis palabras. Floto entre brisas lectoras y

navego en océanos entintados mientras viajo a tierras extrañas. Aquí hay dragones. Soy una ondina que despierta porque una tempestad ha roto su desvelo. Mis ropajes son exquisitos. Mi alma es delicada y firme al mismo tiempo.

360. Me teme quien me ama. Amo a quien me teme.

361. Escalo cortantes picos para evitar sufrimientos obscenos. Terraformo el mapa de la cordura, siento el aire tenebroso de las ideas locas, resilientes ante sentimientos extraños que nunca ocurren.

362. Despierto para admirar, para vivir. Siento países extranjeros como propios. Empatizo con seres fantásticos, me gusta conversar con ellos.

363. Rompo las hojas del cuento para que escapen a un lugar mejor. O distinto. Los cobijo en mi imaginación y les ofrezco una vida vanidosa. Espuria y amable. Una vida en un libro distinto. El mío.

364. Hoy es el día de quedar con las amigas. Me reconfortan. Hace años que dejé de agobiarme por los celos con MejorAmiga. Ahora me gusta verla cogida de la mano con ParejaDeMejorAmiga. Llevan juntas cinco años. Me había alejado de ella hasta que leí una noticia en el periódico local sobre vecinos que han triunfado por el mundo. MejorAmiga es una jefa de EmpresaGlobal. Siempre supe que llegaría lejos.

365. El mundo de los sueños es una piscina llena de agua limpia que, con el paso de los años, se va ensuciando de recuerdos. Algunos flotan, otros se hunden. Pero todos permanecen ahí, esperando ser descubiertos.

366. Nerviosa, llamé al teléfono de MejorAmiga que tenía apuntado en la agenda. Respondió una anciana muy amable. Le conté que era mi mejor amiga, y que había visto en el periódico que era muy famosa. Anciana fue muy amable, rebuscó entre los papeles y me dictó un nuevo número de teléfono.

367. Llamé y lo cogió ParejaDeMejorAmiga. Hola, estoy buscando a MejorAmiga, ¿la conoce? Claro, ¿de parte de quién? De Elisa.

368. Podría llamarme Sofía.

369. ¡Ey! ¡Tú eres la famosa Elisa! MejorAmiga me habla mucho de ti.

370. Entonces, ¿por qué no me llamó ella antes?

371. Seguro que se pone muy contenta cuando le diga que la has llamado.

372. ¿Vives con ella? ¿Quién eres?

373. Perdona, no me he presentado. ¡Qué tonta! Soy ParejaDeMejorAmiga. ¡No me lo puedo creer! ¡Estoy hablando con Elisa!

374. ¿Y esas confianzas?

375. ¿Sabes? MejorAmiga me ha enseñado muchas fotos tuyas. Eres muy guapa, y las dos estabais estupendas en todas las fotos.

376. ¿Por qué entras en mi espacio?

377. No te preocupes, Elisa. Le dejo una nota a MejorAmiga y le digo que te llame. Se pondrá muy feliz, de veras.

378. ¿Ella es feliz? La pregunta la hice en voz alta.

379. ¡Claro! Somos muy felices. Al principio nos costó mucho. Ocultábamos que éramos pareja, pero MejorAmiga, que ya sabes lo valiente que es, me dijo, a tomar por culo, que no nos miren si no quieren. Nadie me va a impedir abrazarte y besarte cuando a mí me dé la gana.

380. Mis defensas se resquebrajaron. Nunca más tuve celos de MejorAmiga. Nunca dudé del amor entre ella y ParejaDeMejorAmiga. Era feliz. Eran felices.

381. Y yo acaricié esa felicidad. Mi corazoncito encontró el calor de una amiga a la que, por fin me di cuenta, no traté como mejor amiga.

382. Perdóname, MejorAmiga. No supe disfrutar de tu amistad. Me siento tan mal ahora. La mirada se empaña. Tú me ofreciste tu amistad, tu amor, y yo dudé de ella. El tiempo que nos alejamos fue culpa mía. No espero que me perdones, pero no me separes de ti. Eres la cuerda que me fija a mi pasado. Si te rompes, muero. Si la cortas, moriré en vida.

383. No te rías, que antes de que te des cuenta estarás enterrado conmigo.

384. ¿Pero qué dices, Elisa? Respondió a mis lloros. Nunca, jamás, he dejado de quererte. Somos amigas, siempre lo fuimos y siempre lo seremos. No llores. Yo tampoco te llamé durante todos estos años; podría haberlo hecho. Mírame, Elisa. Somos amigas. Solo importa eso.

385. Abuela murió envuelta en un hormiguero. Yo moriré abrazada a tu amistad. Qué tonta soy, Mejor-Amiga.

386. Un abrazo eterno, irrompible.

387. Dame una razón para ser una mujer.

388. Echo de menos a Hermano. En casa no hablamos de él, salvo cuando recibimos alguna carta. Con el paso de los años me he dado cuenta de que, a su manera, nos cuidaba más de lo que pensaba. Creía que nos ignoraba, pero se arropaba en el silencio y la sombra para acompañarnos en nuestros desvelos. Era fiel a nosotras, a sus hermanas, a la familia.

389. Dice que se ha casado. La mujer es guapísima, no se parece a él. Es broma, siempre lo he visto muy guapo. Hacen buena pareja. Escribe poco, unas líneas de compromiso, pero nos envía muchísimas fotos. Hay una de un parque que me encanta. Está atardeciendo. Se ve un pequeño lago con patos, creo. La hojarasca cubre la tierra, debe ser otoño. Hay un banco de madera podrida. Hay una mujer de espaldas, parece mayor por la vestimenta. Mira hacia el lago, o eso parece. Al pato.

390. Lleva un abrigo marrón, el típico de rebajas que no desentona. Es un abrigo del que cuelgan recuerdos. Un halo de nostalgia recubre la figura de la mujer. Parece pequeña. No sé quién puede ser; Hermano no explica las fotos. Solo apunta la fecha en la que la tomó en su reverso, pero debe ser familia de la mujer. Huele a cercana, posa como una amiga que espera a alguien.

391. Quiere abrazar, se nota en su cuerpo. Quiere besar. Quiere amar.

392. Quiere ser mujer de su tiempo. No lo tiene fácil.

393. Dame una razón para ser una mujer.

394. Es la única fotografía donde Hermano no aparece. ¿Se habrá equivocado al enviarla? Pienso en indicárselo en mis líneas y devolvérsela. Pero también pienso en lo meticuloso que es con los objetos que nos envía. Me lo imagino sonriendo, pensando en que esta fotografía va a ser mi favorita. Como siempre, cuidándonos en la sombra.

395. Una vez que hemos visto todas las fotografías, cogemos papel y escribimos todas. Escribimos la carta más larga del mundo; queremos contarle todo a Hermano. Hasta Madre quiere escribir, decirle que le quiere, que es su único hijo.

396. Padre no quiere escribir. Ponle que me acuerdo de él, dicta a Madre. No sé qué le pasa por la cabeza, pero seguro que es el orgullo de hombre. No muestra sus sentimientos. Hubiera sido sencillo mostrarse arrepentido y pedir perdón. Hubiéramos perdonado, no olvidado. Pero se tragó las lágrimas y las sinceridades y, aunque quemó el cinturón, nos repitió mil veces más que no nos quería, al menos a mí.

397. No te quiero, Elisa.

398. Yo tampoco te quiero a ti, malnacido.

399. Hermano aún tiene mucho que aprender. Pero es mejor que Padre.

400. Nos cuesta meter la carta en el sobre, es demasiado grande. Son muchas hojas; vivencias reales e inventadas impresas en prosa petulante. CuatroHermana la echará al buzón, que le pilla de camino al trabajo.

401. Cartero es muy amable. Lo quiere todo el pueblo. Empezó a traernos cartas cuando era muy joven, casi un niño. Creo que exagero, era algo mayor. Es un poco escuálido; con los años ha ido ganando peso, posiblemente gracias al embutido que le regalan las vecinas. Así le quieren.

402. Cartero no ha ocultado nunca su pluma. Discreta pero evidente. Las vecinas sueltan sus comentarios complacientes, benévolos, cargados de blanqueamiento homófobo. Mira, se ve normal. Ay, a ver si consigue pareja pronto, pero de otro pueblo, que aquí son muy hombres. No tengo nada contra ellos; Vecina tiene un sobrino que también es *gueis*. Qué bien vestido va siempre. Pero, Vecina, si lleva el uniforme de los carteros. Ay, es verdad. Pero qué bien le sienta. Pues yo le presentaba a ChicaEspecial, y verías cómo se pasaba al lado bueno, pero yo no tengo nada contra ellos, que hagan lo que quieran.

403. Pero en su casa. En su habitación. En su intimidad. En su oscuridad. Que no lo suelten, no sea que vaya contagiando. A mi hijo no lo mires.

404. Esto no lo dicen. Lo piensan. Lo muestran con gestos.

405. Una gárgola siempre dice la verdad. Una quimera siempre miente.

406. Cartero me pregunta por Hermano y yo le muestro las fotos. Le hablo de su trabajo, de su familia. Se lleva muy bien con él. Hermano también ejercía de hermano con él; lo cuidaba, lo protegía. Escuchaba sus angustias y lo abrazaba.

407. Dios, cómo echo de menos a Hermano.

408. Me gusta escribir tejuelos, organizar los libros de casa. Cuando me toca limpiar, en sábado, y no tengo que ir a comprar, subo y me encierro en la habitación del fondo. Allí guardamos los libros de la casa. También tenemos una mesa pequeña y un sillón algo desvencijado. No me importa.

409. Cartero me ha traído un pedido con cinco libros nuevos, así que voy a guardarlos. Dejo el paquete sobre la mesa y saco los ejemplares. Compruebo el albarán con los artículos recibidos. ¿Y si, en vez de periodismo, estudio biblioteconomía? Retiro las fajas que me molestan. Al final, siempre se rompen. Los abro uno a uno y repito el ritual. Miro los datos de publicación. Acaricio hojas al azar observando el tamaño de la fuente. En mi libreta anoto los títulos, nombre de los autores, año de publicación y de compra, si usan fuente de palo seco o con serifa. Me interesa tenerlo apuntado para que, cuando sea una anciana casi sin vista, sepa qué libros puedo leer.

410. Las lágrimas sin derramar estropearán mis ojos.

411. Reviso el espacio en las estanterías. Antes de continuar, voy al lavabo. La ley de la vejiga.

412. Ya que estoy, me hago un té. Con libros, siempre estimula un té caliente.

413. Subo con la taza humeante y cierro la puerta. Sí, estaba revisando los anaqueles. Saco uno o dos libros y los muevo de sitio. Uff, tienen mucho polvo. Los limpio con un paño seco. Algunos tienen el papel muy amarillento, debería buscar nuevas ediciones, pero les tengo demasiado cariño.

414. Ya tengo el espacio. Añado las temáticas en la libreta. Espero no confundirme. Es peligroso hacerlo cuando aún no he leído el libro.

415. Un error en el tejuelo intercambia mis recuerdos.

416. Pego con fixo el tejuelo, con cuidado de no tapar elementos importantes del lomo.

417. Ya están todos los libros organizados. Termino el té. Mañana, domingo, subiré a leer un rato. Ahora voy a terminar de limpiar la habitación y luego ayudaré a mis hermanas con el comedor y la cocina.

418. Padre murió de malo. Se guardó tanto desde que Hermano lo frenó, que le explotó el corazón.

419. A NovioDos no, que lo envenenaron, pero a Padre sí.

420. Sus amigos borrachos portan el féretro desde la casa hasta el cementerio, a las afueras del pueblo. DipsómanoTres es el único que no carga; tiene problemas de espalda.

421. No recuerdo la hora; no escuché a TontoDelPueblo. Madre se abalanzó para tratar de socorrer a Padre y tiró todos los vasos. Por instinto, intenté cogerlos, pero no llegué a tiempo.

422. El ambiente se rompió en miles de fragmentos.

423. Madre se rompió en un luto inacabado.

424. Vamos detrás del féretro. Nos acompañan Cura y Alcalde. El poder nos acompaña cuando muere el varón, no sea que nos perdamos. Si hubiera muerto Madre, tan solo nos acompañarían las plañideras.

425. Seguimos el recorrido por el pueblo. Noto cierta incomodidad en las mesas de los bares; no es de gente de bien mirar una procesión fúnebre mientras las patatas fritas se machacan con los dientes.

426. Padre no era gente de bien. No como lo entendemos mis hermanas y mi hermano. El resto del pueblo, sobre todo los hombres, sí lo creen.

427. Se ha hecho tarde. Llegamos al cementerio y queda poco para que oscurezca. Hace frío. A Cura no le importa, sigue con su perorata. Madre apoya la cabeza en mi hombro y la abrazo.

428. Comienza a faltar la luz y el calor. Nos vamos moviendo y acurrucando los que quedamos en el único sitio donde aún llegan los agonizantes rayos de sol.

429. Hace frío. Quiero un té humeante. Quiero estar en mi habitación rodeada de libros.

430. Un error en el tejuelo difumina mis recuerdos.

431. Sin luz, llevo a Madre al coche de Alcalde. Yo no entro. Que la lleve a ella y le dé explicaciones de por qué no subo. Madre no parece darse cuenta.

432. Nunca des explicaciones. Los amigos no las necesitan. Los enemigos no se las creen.

433. Cura queda en penumbra, leyendo pasajes oníricos de la biblia.

434. No nos despedimos de él. Hace frío. Ya nos disculparemos en la iglesia.

435. Vuelvo andando, con el frío en los huesos, con la soledad en los pies. Con la nostalgia en el cuerpo. Con el dolor del cinturón en la cabeza. Eso no se olvida.

436. No hay tejuelo que ignore el dolor de la hebilla.

437. Hermano no ha podido venir, no le daba tiempo. Estará derramando tantas lágrimas como golpes recibió. Quizás más.

438. Nosotras lo protegimos de pequeño. De mayor, nos protegió a nosotras.

439. En la última carta mandó solo una fotografía. Supongo que la hizo en una cafetería. Se ve un primer plano de una taza de café y un cruasán. A Hermano le encantan los cruasanes. Los que le traía de Panadero le duraban bien poco. Los mojaba en el tazón gigante del café con leche. Le gustaba coger los restos con la cucharita y zamparlos como si no hubiera probado antes el bollo.

440. Solo una fotografía. Con una taza de café.

441. Pienso.

442. Pienso en la carta anterior. La busco y miro las fotos que envió. Son costumbristas.

443. Pienso en la carta anterior. También son costumbristas.

444. ¿Desde cuándo no nos manda una foto suya? ¿Pasa algo? ¿Le pregunto?

445. Tengo un mal presentimiento.

446. Una nube de hormigas nubla mis pensamientos.

447. Nunca des explicaciones. Los amigos no las necesitan. Los enemigos no se las creen.

448. ¿Pero y si pido una explicación?

449. Abuela nunca me dijo cómo actuar en este caso.

450. Amanece.

451. Panadero se jubila. Nos lo dijo hace un mes. Está cansado de levantarse de madrugada y recorrer en furgoneta carreteras mal asfaltadas y peligrosas. Su nuera se lo recomendó, y le convenció para jubilarse. Ella se quedaría con el negocio, tiene tablas. Lo llevará lejos, tan lejos como para poder alimentar a sus nietos.

452. Hoy nos regala el pan y la bollería. Por los años fieles. No quedaba otra, claro. No había otra furgoneta que nos trajera comida. Bastante hinchaba

el precio por la exclusividad. Al menos, ha tenido este detalle. Hoy comeremos a su salud.

453. Brindaremos por sus nietas.

454. Amanece.

455. Se me están rompiendo los zapatos. Mierda. Me cuesta horrores encontrar zapatos.

456. No puedo comprarme zapatos caros. Los de final de temporada son asequibles, pero muy feos, o son malos. Tengo que buscar mucho para encontrar decentes. Y aún así, muchas veces me duran poco.

457. Tengo que aguantar con estos zapatos hasta que pueda ir a Capital.

458. Debería haberme comprado un par extra. Mira que me costó decidirme entre estos y otros. Tendría que haber comprado los dos por si acaso. Siempre me arrepiento.

459. ¿Por qué no puedo vivir en Capital?

460. En Capital me llamaría Sofía. Pero me llamo Elisa.

461. NovioQuince (o NovioDieciséis, no recuerdo cuál es) me dejó. En realidad, no era novio, era un polvo de un día. Mira que le avisé.

462. Por cada relación que he tenido, me he inventado un cuento.

463. Por cada cuento inventado he tejido una nostalgia.

464. Tardes de universidad, de canciones existencialistas. Gafas de pasta. Diálogos mordaces, inteligentes.

465. Relaciones excretadas sobre poesías hirientes.

466. Noches de placer. Noches de ansiedad. Corro buscando una ventana a la que agarrarme. Necesito aire. Necesito respirar. Necesito la noche. Necesito el día.

467. Vestimentas impropias de generaciones pasadas. Deslices apocalípticos que renuevan almas acongojadas.

468. Drogas ausentes que bañan caricias lejanas.

469. Estudia. Estudia. Estudia.

470. TontoDelPueblo sabe más de lo que aparenta. ¿Te acuerdas cuando le prometí que no saldría nunca del pueblo? ¿Qué pensó cuando se enteró de que me iba?

471. Abuela decía: el pasado nunca se muere. Las promesas incumplidas sobreviven como sombras eternas.

472. La noche es más intensa que la mañana. La luna es más amiga que el sol; a ella le confieso mis temores. Me escucha mientras inhalo el aire necesario para respirar. La ansiedad se calma.

473. La noche me despide con el humo de un cigarro mal apagado. El olor a sudor escapa tras los astros nebulosos del alba adormecida.

474. Sosiego. Calma. Respiro.

475. Amanece.

476. Llevo casi un año viviendo en Capital, en la casa de MejorAmiga. Ella y ParejaDeMejorAmiga me

han acogido hasta que consiga un trabajo y pueda independizarme. Son estupendas, las quiero mucho.

477. Los días empiezan ante el buzón. Echo currículums. Es el principio del ciclo. Días después, recibiré una carta donde me cuentan que no lo aceptan, pero que lo tendrán en cuenta para cuando me necesiten.

478. Nunca des explicaciones. Los amigos no las necesitan. Los enemigos no se las creen.

479. Salvo que seas una empresa y no me quieras, joder. Dame una puta explicación.

480. Dame una razón para ser una mujer.

481. Quieres mi fotografía, que salga sonriendo. Quieres mi edad, que no sea demasiado mayor. Quieres mi intimidad, cuidadín con quedarte embarazada.

482. Si tuviera polla, ¿me preguntarías lo mismo?

483. Las entrevistas de trabajo son deprimentes y asquerosas, pero ya no me escondo. Ya no pego mi fotografía. No escribo mi edad. Que me vean cuando entre en el despacho del baboso. Voy a tardar cinco minutos en salir, ya lo sé.

484. MejorAmiga y ParejaDeMejorAmiga me consuelan. Lloro más de lo que estoy dispuesta a aceptar. No quiero depender de nadie, menos de ellas. No se merecen tenerme de rémora.

485. Intentan animarme. No te preocupes, mañana te irá mejor. Tienes otra entrevista en UnaEmpresa-

Mediocre, ¿verdad? Tal vez ahí te cojan. Eres muy buena en lo tuyo, te hemos visto. Seguro que te valoran.

486. No sé qué es lo mío. Estoy a punto de arrojar la toalla.

487. Volver a pueblo. Trabajar en un bajo zurciendo alpargatas para empujar la economía sumergida del pueblo.

488. Estoy cansada. Estoy harta.

489. ¡Voy a trabajar en una biblioteca! ¡No me lo puedo creer!

490. Me desahogué con CuatroHermana, no pude aguantar más, y resulta que conocía a alguien en Pueblo-Cercano que habló de mí a Alcaldesa. Allí tienen un pequeño local en forma de biblioteca municipal y necesitan a alguien para organizar aquello.

491. PuebloCercano es algo más grande que el pueblo y tiene más servicios. Tiene panaderías. Y zapaterías.

492. Me he despedido de MejorAmiga y ParejaDe-MejorAmiga. He llorado muchísimo, pero de felicidad. Me he abrazado a ellas y he sentido cómo los pies me fallaban. Casi me caigo. He llorado como nunca lo he hecho, y ellas conmigo. No sé cuánto ha durado el abrazo.

493. TontoDelPueblo no vive en Capital, ni se le espera.

494. No conseguía separarme de ellas. El taxista no sabía qué hacer, pero se estaba haciendo tarde. Ha

cogido mis maletas y las ha guardado como ha podido.

495. La casualidad marcó a mis padres cuando se equivocaron al coger la maleta.

496. Os llamaré, lo prometo. Vendré a veros. Os escribiré. Estaremos en contacto más que ahora, de verdad. Os quiero. Me habéis acogido y me he sentido siempre apoyada. Nunca me he sentido mal con vosotras. No sé qué hacer para agradeceros tanto.

497. Estas navidades voy a pasarlas en el pueblo. Una-Hermana ha insistido mucho. Madre ya está mayor y quiere que, al menos una vez al año, nos veamos. Por lo visto, Hermano va a venir. Estaremos todos. Descorcharemos la última botella que compró Padre de cava barato y visitaremos las casas de los vecinos para comernos sus dulces y escuchar cómo los ha tratado la vida.

498. Encontré un alquiler barato en PuebloCercano. Es un primero sin ascensor, pero está cerca del trabajo. Ordenanza y Segurata se portaron muy bien conmigo y me ayudaron con la mudanza. Los invité a una cena, es lo menos que podía hacer, aunque me salió mal. Me engañaron y fuimos a un sitio algo lujoso. Yo todavía no había cobrado mi primer sueldo y se pasaron pidiendo entrantes y postres, así que se me cayó la cara de vergüenza cuando me pusieron la factura sobre la mesa.

499. Por suerte, todo fue una broma. Ordenanza y Segurata eran muy amigos del dueño del bar. Ellos

pagaron la comanda y, al mes siguiente, aceptaron que pagara un tercio de la factura. Algo es algo.

500. Se lo agradezco a los dos, pero odio las bromas. Ni de buen gusto, ni de mal gusto.

501. Abuela decía: bromas y aceitunas, o pocas o ninguna.

502. Las aceitunas me encantan. Las bromas las odio.

503. No me gusta celebrar mi cumpleaños.

504. Me gusta cumplir años; es señal de estar viva. Pero no me gusta celebrarlo. Quizá la culpa sea de los abusones que envenenaron a NovioDos. Madre los invitaba a mis fiestas y la liaban.

505. No recuerdo una fiesta de cumpleaños sin llanto. Odio a los abusones porque me robaron la felicidad. Envenenaron a NovioDos, pero no consiguieron envenenarme.

506. Madre dice que sí, que envenenaron mi carácter. La culpa no es mía, es suya por abrirles la puerta de casa y permitirles destrozar mis regalos y mi estima.

507. Claro que agriaron mi carácter. Eran unos putos abusones.

508. No he terminado mis estudios universitarios. Madre no lo ha tomado bien, pero no me ha dicho nada. No puedo más.

509. Dame una razón para ser una mujer.

510. Alcalde no me dio la oportunidad de realizar prácticas como cronista.

511. Ciertas notas son directamente proporcionales a la longitud del escote.

512. En la universidad abrazo el existencialismo; es lo único bueno que me llevo. Eso, y algún polvo con cierto intelectualoide caprichoso de barba extraña y de saber follar.

513. Una gárgola siempre dice la verdad. Una quimera siempre miente.

514. Los recuerdos se agolpan en mi cabeza. Me debilitan. Siento su presencia, noto su ausencia. Recuerdos cada vez más distantes del pueblo.

515. No me dijeron que TontoDelPueblo murió. Mi primer novio; no pude ir a su entierro. ¿Qué tiene esa gente en la cabeza que no me avisaron?

516. No había cronista en el pueblo que indicara el tiempo de la muerte de TontoDelPueblo.

517. TontoDelPueblo sabía más de lo que aparentaba. Yo lo observaba, debía ser la única del pueblo. Hacía cosas que los demás no hacían. Escuchaba a los animales, a las plantas, a la tierra. Sabía qué hacer si enfermaba. Sabía cocinar. Sabía limpiar su casa y poner orden en su territorio.

518. Sabía de tiempo, de clima, de pasado y futuro. De presente.

519. TontoDelPueblo fue mi primer novio durante siete tañidos. Lloro su muerte con siete lágrimas.

520. La primera por nuestro amor.

521. La segunda por nuestra amistad.

522. La tercera por nuestro deseo.

523. La cuarta por nuestra incertidumbre.

524. La quinta por nuestra ignorancia.

525. La sexta por nuestro respeto.

526. La séptima lágrima es por ti, TontoDelPueblo. A ti te pertenece. Por eso riego con ella tu lápida.

527. Mis dos primeros novios, los que más he querido, yacen en el cementerio. Mi vida se deshace en el camino de féretros avejentados. Las losas se quiebran con mis llantos. No es justo.

528. No es justo que me llame Elisa. No es justo que envenenaran a NovioDos. No es justo que Abuela muriera envuelta en una capa de hormigas.

529. Las noches en PuebloCercano son igual de tristes que en el pueblo, pero falta el tañido de las campanas.

530. Capital me agobiaba. Me encuentro a gusto en PuebloCercano. Tengo amigos y amigas con los que quedar a tomar un café con cruasanes.

531. Los cruasanes me evocan a Hermano.

532. Los cruasanes que le traía de Panadero le duraban bien poco. Los mojaba en el tazón gigante del café con leche. Le gustaba coger los restos con la cucharita y zamparlos como si no hubiera probado antes el bollo.

533. No hay cartas. No hay fotografías.

534. Cartera de PuebloCercano es más fría que Cartero. Solo trae facturas que, gracias a la biblioteca, puedo pagar. Ya puedo permitirme tener tres pares de zapatos e invitar al café con cruasanes alguna vez.

535. La vida me trata bien. Al menos, ahora que no hay hebilla que me amenace. Me puedo permitir algún capricho, puedo vivir sola. No he terminado mis estudios, pero puedo abrir los libros que yo quiera y aprender los temas que me atraen.

536. Llevo un par de días en el pueblo. Huele a navidad. Las chimeneas ríen. Las luces de la calle iluminan la fiesta. Hasta la escarcha, rígida en las noches invernales, canta villancicos. Robo mantecados y dulces varios cuando entro en las casas.

537. Ave maría purísima. Sin pecado concebida.

538. Me quedo un rato hablando con las vecinas. Ahora me satisface su conversación.

539. Cuando vivía aquí las ignoraba. Yo era la ignorante. Es gente que me aprecia, que se alegra de verme, que me pregunta, qué tal te va la vida, te trata bien, se te ve estupenda, Elisa, si tu abuela te viera se sentiría muy orgullosa de ti. ¿Te acuerdas de cómo corríamos por la calle? Llamábamos a todas las puertas y luego, en casa, nos castigaban. Como si no nos conociera nadie en el pueblo.

540. Tanto cariño, tanto amor sin corresponder. Ahora me doy cuenta. Los años pasan, las emociones otrora

enterradas, emergen y supuran como una herida que no cierra.

541. ¿Por qué renegaba de mi presente y ahora, que forma parte del pasado, lo reivindico con gozo?

542. Me hago mayor. Madre ha envejecido, se apoya en un andador. Hermanas la acompañan. Todas han envejecido. Hemos envejecido. Hay niños que corren a nuestro alrededor, sobrinos que no conocía. La comunicación ha sido mala.

543. No he sabido comunicarme. Lo siento. Es culpa mía. Perdonadme.

544. Llega un taxi al pueblo. Es muy grande. Madre y Hermanas se acercan a él.

545. Se abre la puerta trasera. Con ayuda, sale una silla de ruedas. Es un hombre, casi no puede moverse.

546. Dios mío. ¡Es Hermano! ¿Qué le ocurre, qué le ha pasado? ¿Por qué va en silla de ruedas? ¿Por qué no puede moverse? ¿Por qué no puede casi hablar?

547. ¿Por qué nadie me ha dicho nada?

548. La vista se me nubla.

549. El sudor me inunda, a pesar del frío.

550. La cabeza me da vueltas.

551. Hermano. ¡Hermano! ¿Qué te ha pasado? ¿Por qué no me dijiste nada?

552. Huyo. No puedo verlo así. Corro a la casa. Corro al aseo. Cierro la puerta. Levanto la tapa del retrete. Vomito.

553. Me tumbo en el suelo. Lloro. No puedo consolarme.

554. Hermano.

555. Desapareciste de las fotografías porque no querías que te viera.

556. No me diste la oportunidad de ayudarte.

557. Me protegiste. Todas me protegisteis.

558. Me quitasteis la posibilidad de cuidarte.

559. No. Me conocéis y sabéis que soy incapaz de ayudar a nadie. No hubiera hecho nada.

560. Si me llamara Sofía, te hubiera cuidado como tú nos cuidabas a nosotras; en silencio, escuchando, protegiendo. Sin alzar la voz, sin ordenar.

561. Pero me llamo Elisa, y soy cobarde. Madre me educó. Abuela se quejó.

562. Quince años me mantuve encerrada en el aseo, llorando tumbada en el suelo. No me atreví a salir y a acompañar a Hermano.

563. Hermano murió. Madre murió. TresHermana murió.

564. Nací quince años después. Me incorporé y me lavé la cara. Mis ojos habían desaparecido de tanta lágrima derramada.

565. Nadie me preguntó. Sentí unas manos que me sujetaban y me acompañaban. Me sentaron en la mecedora de Abuela.

566. Respiré. La noche había cesado.

567. Amanece.

568. Sopla una brisa fresca. Alguien entra en casa.

569. Ave maría purísima. Sin pecado concebida.

570. Es Cura. No, debe ser otro. Creo recordar que Cura viajó a otro pueblo. ¿No era ya muy mayor? ¿Ha muerto, como todos los que conocí?

571. Nunca des explicaciones. Los amigos no las necesitan. Los enemigos no se las creen.

572. Me susurra algo. No le entiendo. No quiero que lo repita.

573. Se va. Debe ser mediodía.

574. Noto cómo las primeras hormigas trepan por mis zapatillas. Recorren mis tobillos. Cada vez son más.

575. Oigo la lluvia. Me pertenece. Fue mi vida. Es mi muerte.

576. Sonrío. TontoDelPueblo no sellará mi muerte.

577. Tengo una razón para ser una mujer.

578. Me llamo Elisa. Pero podría llamarme Sofía.

FINIS CORONAT OPUS

«Soy yo la que llama en sueños. El deseo de una chica que llama en una habitación cerrada, mientras su madre y abuelas la riñen alrededor de la casa»

ANNE HÉBERT